KB161400

흔한 사랑은 없다

흔한 사랑은 없다

최은숙 시조집

한그루

차
례

제1부

흔한 사랑은 없다

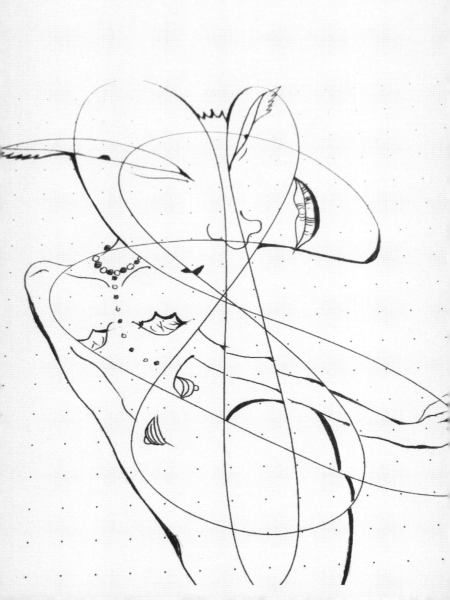

흔한 사랑은 없다

노을을 앞에 두고 사진 한 장 찍네요

조심조심 셔터 누르며 붉은색을 담네요

번지는 노래 가사처럼 첫사랑의 설렘처럼

구름의 물결 따라 색감의 채도 따라

다 다른 석양 앞에 같은 사랑은 없어요

나만의 하늘 아래서 단 한 사람 만나요

권태기 별똥별이 세상 속에 떨어지고

깜깜한 밤이 찾아와 실루엣만 남아도

아무도 대신할 수 없는 그런 사랑합니다

비

1
젖 찾는 아기처럼
엄마 찾는 아이처럼

가을비
나의 창이
나를 향해 보채는 오늘

방충망
다이아몬드가
유난스레 곱구나

2
안개 낀 한라산이
어미의 마음일까

뿌연 사골국물이
뼈마디에 스며들 듯

어머니
밥 짓는 소리가

빗소리에
묻힌다

아버지의 길

아버지 연세라면 귤나무도 혈육 같다

관절염 손가락이 삐걱이는 핸들을 잡고

감귤밭 입구를 나와 황혼 길로 나선다

육십 킬로 제한속도에 삼십 킬로 페달을 밟고

산양리 납작 엎드린 들녘을 가로질러

다 낡은 농용트럭이 털털대며 구른다

대나무 가족

대숲에 들어서야 드디어 자유를 얻네

저들의 곧은 성품이 조심스레 쓰다듬는

댓잎이 바람을 타고 내 볼살을 스칠 때

아무도 믿지 못해 이제야 만나는 이들

간절기 이 바람으로 건성건성 적으시는

늘 푸른 대나무 가족을 여기 와서 만났네

방 안에 바다가 산다

늦은 밤 내 방 안에 노트의 숨비소리

눈 감으면 출렁출렁 내 몸속 파도소리

살며시 감싸는 물빛 방 안 가득 채운다

밀물이 들 때면 더 깊이 잠겨 있어라

새벽에 스며드는 그리움의 잔물결들

도정이 덜 된 단어가 파시시시 떨린다

이 아픔 가운데 빛의 통로가 있을까

몇 번을 게워내고 색을 밝히는 파편들 따라

나의 꿈 어느 언저리 생채기가 아물고 있다

초록 글씨 일기장

간만에 내 창가에 제 속내를 여는 바다
파도에 감기며 되새김질하는 시간
늦은 밤 슬쩍 꺼내 본
일기장을 적신다

무엇을 남겼을까? 무엇을 숨겼을까?
섬 사이 짤막짤막 수평선 눈높이처럼
비스듬 초록 글씨가
머리맡에 기댄다

어머니의 창

몇 날 밤
신음 소리에
꽃들도 들었을 거

허벅지
수포들이
물 끓듯이 솟아나는

어머니
대상포진이
이 여름에 찾아와

일 분도
쉬지 않고
계속되는 그 통증

김매던
손톱으로
벽면을 긁는 마음

별들이
창문 밖에서
새벽까지 머물다

엄마의 장화

낙엽이 가기 전에 겨울이 또 왔구나

귤 따기 한창일 땐 관절 앓는 우리 엄마

그래도 귤 밭에 갈 때면 립스틱을 바른다

비 오면 하우스 귤, 날 개면 노지 귤

면장갑 두 켤레로 귤 한철을 치르는 엄마

나무도 주인을 알고 고분고분 반긴다

저기압 다가오면 울 엄마가 기상청이다

팔 다리 열두 관절 파스 붙여 쉬는 날엔

빨간색 비닐 장화가 옥상에서 마른다

엄마의 비

이별을 체험하고
비 올 때 더 아프다
웃으며 속으로 감추던 엄마의 눈물처럼
어렴풋 기억의 창에 줄기줄기 내린다

새벽녘 밭에 와서 먼 데 산을 바라보며
손 모아 기도했던 그날도 비가 왔지
엄마의 눈시울 속에 산이 젖고 있었지

친환경 엄마 손길

엄마의 친환경 농사에
깍지벌레 살판이다

깍지벌레 귤 가지에
그을린 열매들이

늦가을 바구니 속을
근심스레 채운다

검은색 열매들이
농부의 마음인걸

방울방울 빗방울이
바구니에 떨어지고

하나씩 타올로 닦는
농부 손이 젖는다

제2부

___

가을이 내 옆이다

구월

조용 조용 다가와
감나무 잎에 들다

노랗게 익었다가
발그스레 붉힌 그녀

자꾸만 신호가 끊긴
그 까닭을 알겠네

풀잎에 찌륵찌륵
감전되는 풀벌레 소리

맥 풀린 흔들의자에
낮잠 든 구월 하늘

춘추복 꺼내든 가지에
낮달 잠시 머문다

봄 풍경 1
- 봄비

목련이
창 앞에 와
봄 전등을
켰습니다

맨발로
창 앞에 온
보슬보슬 봄비 소리

사흘째
입 다문 하늘이
내 마음만
같습니다

다시 봄

그때 낙엽들이
남김없이 지워진 자리

파릇 파릇 봄풀들이
머리 털고 일어선 자리

일 년 전
민들레꽃이
다시 와서 안긴다

길섶에 차이고 나서도
이맘때면 도져오는

아팠던 짝사랑이
연초록 피사체들을

천지연

입구에 와서

울컥울컥 쏟는 봄

간절기에

사랑만 꽃인가,
미움 또한 꽃이거늘

고운 꽃 따로 없고
미운 꽃 따로 없어

쓰다 만 한 줄 파지가
시보다도 아픈 날

피고 지는 그 사이에
어느새 새봄이 가고

봄과 여름 사이에
비 날씨는 계속되고

빗속에
한 장 꽃잎이

시보다도
고왔다

초겨울 퇴근길에

마스크 고쳐 쓰고 퇴근길 접어들 때
시 한 편 써야 할 때
숨을
고르듯
서귀포 초겨울 햇살이 목덜미에 스민다

가을이 지나가고
아픔처럼 겨울이 와
이란성 쌍둥이 섬이 계절 끝에 놓이고
저들도 힘이 든다며 내 안부를 묻는다

진실이 거짓이 되고 거짓이 진실이 되는
시대의 아픔을 참는 우리 동네 나무 한 그루
사회적 거리두기로 뒤로 물러서 있다

가을이 내 옆이다

햇살에
녹아드는

토요일 오전 9시

귓가를 스치는
여기
저기
구월의 소리

창가에
귀뚜라미가
더듬이를 세운다

대설주의보

창밖에 안개꽃이
송이송이 내려온다

한 송이 한 송이에
그리움이 묻어 있다

먼발치 발자국 소리가
들려오는 저녁에

진눈깨비 내리는 날

빗방울 눈송이가
반반 섞여
내리는 길

원망도 용서도
반반 섞여
지나온 길

가슴엔 빗줄기 없이
눈송이만 내린다

봄

초록물 들 때면

내 몸에도 물이 올라

양팔을 뻗고 보면

하늘도 한 품인걸

노랗게 민들레 송이가

봄 인사를 건넨다

눈송이랑 걸었다

눈 오는 날일수록
나의 길은 따뜻해라

저물녘 산책길에
꽃송이를 잠재우며

그때 그
내게로 오던
발소리가 들린다

간절한 나의 길도
올봄엔 열릴 거야

가만가만 말문을 여는
빨간 입술 저 동백꽃

가끔씩
문섬 꼭대기
등댓불이 보인다

꽃잎 질 때

만개한 꽃들이
한 잎
두 잎
떨어질 때

흑개미 대여섯이
꽃잎 한 장
나르고 있어

하늘이
가만 내려와
개미들을
거든다

소나기 아침

소나기 퍼부은 후
실눈 뜨고 보는 아침

지표면 새싹들이
뾰족뾰족 건네 오는

싹들의 부리 끝에도
물방울이 맺혔다

억새밭에서

따뜻해
바람이 일렁거려도 따뜻해
억새밭 한가운데 등 쪽으로 적시는 바람
양팔을 벌리고 서서 나의 몸을 맡긴다

세상의 작은 기적 내게도 이뤄질까
이윽고 길 하나 물결처럼 열리고
먼저 온 발자국들이 띄엄띄엄 찍혔다

때로는 눈 감아야 나의 길이 보이는 법
들녘의 숨비 소리 온몸에 스밀 때
발가락 더듬거리며 길 찾아서 간단다

모호한 것만 모인다

새도록 별들은 자리 찾지 못하고
덜 익은 낱말들은 파도에 부서지네
새벽녘 흐린 바람이 새연교를 감싸네

어디가 접점일까? 도태된 사연들
사랑과 꿈들이 왜 보이질 않는 걸까?
여지껏 손의 감촉을 되새김질하는 사람

넘기지 못한 페이지 다 이유 있는 거지
바닷가 메아리 돼 쓸려오는 파도 소리
오늘도 슬픈 눈에는 모호한 것만 보인다

제3부

벚꽃 정류장

봄 풍경 2
- 동백

그이
떠나던 날

속으로
빨갛게 울던

침묵의
가로등 아래

뚝뚝 지는
꽃의 마음

떨어진
그 꽃을 밟고

봄이 혼자
떠
나
네

벚꽃 정류장

"꽃!"
하고 부르면
하르르르 떨어지는

분홍빛 벚꽃 향이
스며오는 버스 정류장

오는 꽃
가는 꽃들이
사람 모습인 것을

수국

노처녀
가슴속에
별들이 지고 있어

폭염 폭우 비바람에 그 여름 다 견딘 수국
어두운 민낯을 하고 길섶에 와 앉았어

절망적
희망을 품고
미소 잃지 않으리라

꽃잎 다 마른 자리 쓰다듬는 구월 햇살
눈부신 부케 한 다발 내 앞으로 내리네

털머위꽃

눈을 맞췄더니
옆구리가 시리단다

노란색 꽃잎을 따다
귀걸이로 걸었단다

그 남자 기다리다가
그림자만
길었단다

동백꽃

동백꽃 필 무렵에
수평선 건너온 바람

일 년을 기다려도
대답 없는 사랑 앞에

눈 뜨고 길섶에 떨어진
꽃송이가 뒹군다

겨울 쑥부쟁이

첫눈에 올 때까지
날 기다린 쑥부쟁이

꽃잎이 시들어도
제 아픔은 아랑곳없이

오늘도 건강하세요,
내 안부를 챙긴다

어귀밭 개불알꽃

몸을 낮춰야 들꽃들과 말이 통해
"친구야" 불러주면 살랑살랑 바람 타고
"사랑아!" 불러봤더니 간질간질 웃는다

어릴 적 할아버지 닮은 개불알꽃도 피었다
제주도 서귀포시 사망모른 어귀밭
밭 전체 파란빛들이 일어서고 있었다

살기 위해 총을 들던, 자식 위해 맞서던
누구의 남편인가 누구의 아버지인가
오늘도 영혼이 뜬다, 세상천지 꽃이다

벚꽃 길에서

먼 거리 왔을 것 같은
착각 속에 빠져선
차량번호 훑어보네
모르면서도 그렇대
봄봄봄 무작정 걷던 날
꽃잎들이 날린다

잊어도
이뻤음 좋겠다,
내가 이뻤음 좋겠다

봐주는 이 없어도
이뻐 보였음
좋겠다

외사랑
태엽을 풀 듯

꽃비,
꽃비
내린다

가을 목련

이중섭 화랑에
가을 손님 와 있구나

지난봄이었나?
어디서 본 듯한 얼굴

태풍을 갓 넘긴 가지에
촛불들이 따뜻해

벚꽃나무 아래서

꽃송이 벙글 쯤에

사랑을 알았어요

꽃잎이 질 쯤 해서

이별을 알았어요

벤치에 꽃잎 하나가

눈물방울이네요

뚝뚝 동백이 져요

물감이 퍼지듯 가슴팍에 물드는 사랑

먼 거리 상관 않고 철새들도 모이는 자리

기해년 그리웠던 얼굴 흑백사진 비춘 하늘

아직도 진실은 외방에서 들린다더라

노랗다가 검었다가 세상살이 힘들다던

빨갛게 분열증 앓던 동백꽃이 밟힌다

제4부

굴이 검다

동백 4·3

빗방울 맞다가

비가 된
사람들

살갗을 적시는

들의 냄새
꽃의 냄새

새빨간 눈물방울이

돌을 타고
내린다

순례길에 만난 동백

땅에
떨어져서

더 붉게 핀
제주 동백

사월
순례길에

멈칫 멈칫 밟히는
꽃

아득히
어깨 너머로

총소리가
들렸다

귤이 검다

반타작 농사에
귤 색깔이
검
다

푸른색 곰팡이를
얼굴에
뒤집어 쓰고

까맣게
미어진 가슴,
하늘길만
노랗다

모녀 귤 따기

짤깍짤깍 가위 소리
사분의 사박자 트롯 가락

귤 따기 한철이면
옛사랑도 무르익고

울 엄니 흘러간 노래가
노을 길에 흐를 때

빛이 바랠수록
정이 되레 따사롭고

알알이 귤 열매가
약속처럼 고마운 가을

모녀의 금빛 사랑도
광주리에 넘친다

베트남 청년

눈자위 붉혀가며
동화책 읽는 청년

한 페이지 두 페이지
스쳐 지나는 베트남 하늘

검은색
그 손등 위에

물기 촉촉
스민다

밤이면 까치발로
동네 밖을 넘보는 청년

동화책 소주병이
가족이고 애인인 청년

폐건물
벽에 기대어

엉겅퀴가
운단다

보목리 자리

저들의 마지막 호흡이
집에 와서 멈췄다

입을 열고 눈을 뜬 채
봉지에서 헤쳐진

보목리 충혈된 바다가
도마 위에 놓인다

비늘 튕기는 소리
갑옷 하나를 벗고서

제주도 자리들도
알 것은 다 안다

사월의 바다 냄새가
내 살갗을 스민다

마스크를 쓰고서도

코로나 여파에도 립스틱을 바르는 나

마스크 쓰는데 왠 립스틱이냐고?

달님이 환히 비출 때 예뻐 보이고 싶어서

가로등 등불 아래 입술색이 선명해

잘 보일 애인도 없는데 왜 항상 그러니?

혹여나 우연히 만날 때… 매력적이고 싶어서

오늘도 또박또박 새연교를 걸으며

어스름 짙은 하늘 짝사랑이 이랬지

추운 듯 따뜻한 바닷길 수평선을 보면서

태풍이 부는 날

산더미 파도들이 방파제에 몸을 푼다

생각의 잡동사니가 빗물에 섞이면서

남쪽을 향한 창문이 몸을 몹시 흔든다

아열대성 가로수가 아우성을 치는 이 밤

폐건물 구석지에 알몸으로 비를 맞던

다 비운 소주병들이 휘파람을 불었다

조금씩 다른 것에 대해

하늘이 희죽희죽 구름 베개를 베고
꽃들이 절레절레 고개를 젓는 하루
천지가 백지보다 하얗다
눈 감기던 오늘이여

자폐성 장애로 얼룩지는 하루하루
침묵에서 평온을 침묵에서 자유를 찾는
창밖의 바람 소리도
오늘따라 고요해

기쁨도 슬픔도 구분 짓지 않는 아이
어버버 어버버 꽃 앞에서야 말을 트네
이 세상 모든 꽃들이
백치같이 웃는 날

타국 청년

밤이 오고서야 고향에 온 것 같다

집 앞의 벤치에서 밤하늘 보는 청년

일 년째 타국살이에 생채기가 별 같아

불과 몇 발자국 고향 같은 나무 벤치

별 하나 나 하나 별 둘 고향이 둘

낮과 밤 숙소 사이에 국경처럼 먼 청년

제5부

빗길에 젖는 것들

빗길에 젖는 것들

알고 보면
흉터 하나쯤
숨기고
살 듯

부러진 날개 한쪽
까치의 몸부림이

나
그때

아팠던 나날
그 모습을 닮았다

등으로 종양이 퍼져 날지도 못하는 새
소독 몇 방울로 그 상처를 달래주고
주르륵 빗방울 속으로 보내주던 그날에

마지막
다다른 곳이
현실일까 천국일까

유난스레 비가 많던
이천십팔년 오뉴월에

빗길에
젖는 것들이
꽃잎처럼 많았다

잉꼬, 눈을 감다

새장의 암컷 잉꼬가 날개를 접었구나

듬성듬성 빠진 털이 떠날 기색이었구나

어젯밤 감긴 눈으로 땅바닥을 기더니

안단테 그 음색이 차츰차츰 낮아지고

평생 풀지 못한 제 새끼를 잊지 못해

외마디 피 섞인 소리가 침묵 속에 묻히고

시 한 수 쓰지 못해 안절부절못하는 요즘

노란색 깃털 속에 자는 듯 우리 잉꼬

팔월 초 아침 햇살이 무심한 채 오른다

노을 앞에서

오래된 옥상에 올라
노을 앞에 서 있다

분홍색,
빨간색
층층을
이루는 하늘

최상의 빛깔 사이로
그
얼굴이 보인다

먼 듯
가까운 듯
그때 그
주파수로

십 년이 지나서도
손바닥에 남은 체온

노을 진
하늘 아래서
내
얼굴이 붉었다

거칠 황

땅이 붉어서 '붉그뭇'이라 했다지

열네 살 내 살던 곳

울퉁불퉁 마을 안길

배고픈 바람소리가 이쯤 해서 그립다

돌 많고 바람 많아

사투리도 거친 마을

나는 떠나와도 들꽃들은 더 곱게 피어

찾아간 고향 올레 길에 사람처럼 반긴다

빗소리에

베란다 창을 열고
방문도 열어놓고

심호흡 한두 번에
그때 듣던

그
빗소리

삭제된
문자 메시지

또렷또렷
찍힌다

문섬 등대

누군가
보고플 때

나는 벌써
섬이 된다

섬 속에
갇혀 살고

그리움에
갇혀 살고

하얗게
문섬 꼭대기

불빛 하나
켜 있다

입술을 깨물고서야

눈 감고
들어서야

들리는
세상의 소리

불 끄고
보고서야

또렷 또렷
아픈 모습

입술을
깨물고서야

나의 꿈도
보인다

한 점 이슬

잠 못 든 나의 창에
하늘에서 내려온 소리

음계를 오르내리며
나지막한 저 빗소리

우울한 세상 바닥의
낱말들이 또 젖고

조금의 망설임 없이
나직나직 들리는 소리

이웃집 빨랫줄에
대롱대롱 방울소리

출근길 내 눈썹에도
한 점 이슬 맺힌다

새벽녘 새연교

보이다

사라지고

멈췄다

다시 뜨는

수평선

어선 한 척

깜빡깜빡

비치는 불빛

새연교

새벽하늘에

별이 두엇

떠 있다

아침 해

삼발이 찜기가
씽긋 웃으며 쪄낸 아침

어머니 바쁜 손길
식탁보를 펴 보이며

우리 집 아침 밥상에
아침 해도 와 있다

칠십리 노을 바다

싱크대 바닥에 놓여 껌벅껌벅거리는

참돔 한 마리가 마지막 힘을 다하네

사르르 저무는 바다, 아가미가 닫히고

이윽고 십 초 구 초, 시작되는 카운트다운

뼈째만 남는데도 이정표로 남으리라

붉으레 내 창밖으로 스며드는 칠십리 바다

깊고 깊게 흘러
넓은 곳으로 가는 시인

- 최은숙 시인의《흔한 사랑은 없다》를 읽고

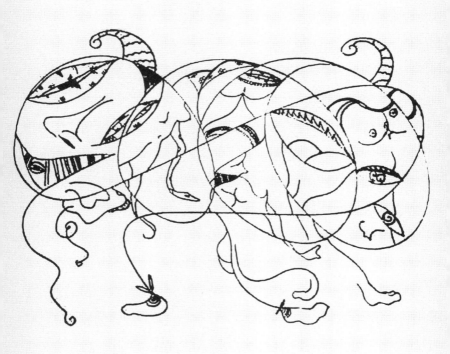

깊고 깊게 흘러 넓은 곳으로 가는 시인
- 최은숙 시인의 《흔한 사랑은 없다》를 읽고

김연미(시인)

　넓고 깊게 사는 것은 어렵다. 우리 같은 범인들은 넓게 사는 것 하나, 깊게 사는 것 하나를 제대로 해내는 것도 어렵다. 인생의 어느 시점에서 둘 중 하나를 선택하고 그 길 외의 곁가지를 쳐내며 한 길을 고집했다 하더라도 우리는 곧 그 깊이의 끝점과 넓이의 한계에 도달하고 말지도 모른다. 그러나 그런 한계점을 이미 알고 있으면서도 우직하게 앞으로 나가는 사람들은 얼마나 아름다운가. 가로막힌 벽 앞에서 흘리는 눈물이 아름다운 건 그 눈물 속에 녹아들어 있는 이의 열정 때문이다. 떨어진 눈물은 차곡차곡 벽 앞에 쌓였다가 어느 날 문득 그 벽을

훌쩍 넘어 더 넓은 바다를 향해 흐를 걸 알기 때문이다.

최은숙 시인은 일찌감치 깊게 흐를 것을 결심한 듯싶다. 그의 발걸음은 항상 우직하다. 한곳을 향하고 있지만 결코 서두르거나 조급해 하지도 않는다. 애초 남들보다 먼저 나서려고 하는 마음도 없는 듯하다. 제 보폭을 알고 그 보폭을 벗어나려 하지도 않는다. 주변에 무심한 듯 제 방향과 보폭을 고집스레 걷던 그녀가 이번에 첫 시집을 묶어내겠다고 했다. 뭔가 마디 하나를 넘길 모양이다.

아무도 대신할 수 없는 사랑 앞에
원망도 용서도 반반 섞어 지나온 길

노을을 앞에 두고 사진 한 장 찍네요

조심조심 셔터 누르며 붉은색을 담네요

번지는 노래 가사처럼 첫사랑의 설렘처럼

구름의 물결 따라 색감의 채도 따라

다 다른 석양 앞에 같은 사랑은 없어요

나만의 하늘 아래서 단 한 사람 만나요

권태기 별똥별이 세상 속에 떨어지고

깜깜한 밤이 찾아와 실루엣만 남아도

아무도 대신할 수 없는 그런 사랑합니다.

-〈흔한 사랑은 없다〉전문

  노을이 시시각각 보여주는 색감에 따라 느끼는 감동
은 다를 수밖에 없다. 붉게 응어리진 구름 덩어리를 보
는 순간 어딘가로 쿵, 떨어지는 가슴을 느끼기도 할 것이
고, 자잘하게 찢겨져 흐르는 얇은 구름막을 보면서 뭔가
알 수 없는 슬픔 같은 것을 느끼기도 할 것이다.

  시인은 '노래 가사처럼' '번지는' 노을에서 '첫사랑의 설
렘'을 느꼈는가. '구름의 물결 따라 색감의 채도 따라' 흐
르기 시작한 상념이 자신에게 다가온 유일한 사랑에 가
머문다. 노을의 색감과 감정 사이 무수한 연결선 중에서

자신에게 닿은 단 하나의 사랑을 두고 애틋한 마음을 숨기지 못한다. '나만의 하늘 아래서 단 한 사람'이다. 하늘과 구름과 태양을 가로질러와 내게 닿은 사람이다. 그러니 어찌 소홀히 할 수 있겠는가. '권태기 별똥별이 세상 속에 떨어지고/ 깜깜한 밤이 찾아와 실루엣만 남아도/ 아무도 대신할 수 없는 사랑'이다. 일회용처럼 쓰고 버려지는 현대의 사랑이란 감정에, 생경하게 끼어드는 목소리다. 우직함의 다른 말은 지고지순이다. 시선을 한곳에 고정해 두고 머릿속 잡념 싹 다 지우고 걸어가는 측면에서 의미가 같다. 타인의 시선은 애초에 관심도 없다는 듯 제 마음을 드러내는 시인의 지고지순이 익숙한 듯, 낯선 듯, 신뢰가 가는 건 무슨 이유일까.

그러나 천성적으로 느긋하고 우직한 성품을 지녔다 할지라도 시시각각 변하는 사람의 감정을 어찌할 수 있겠는가. '아무도 대신할 수 없는 그런 사랑'을 만났다 할지라도 세상의 그 어떤 사랑도 굴곡 없는 사랑은 없는 것이고 하루에도 열두 번씩 변하는 사랑의 감정 앞에 시인도 무수히 많은 무릎을 꿇었을 것이다.

빗방울 눈송이가

반반 섞여

내리는 길

원망도 용서도

반반 섞여

지나온 길

가슴엔 빗줄기 없이

눈송이만 내린다

- 〈진눈깨비 내리는 날〉 전문

'빗방울 눈송이가/ 반반 섞여 내리는' 진눈깨비처럼 시인의 가슴속에도 '원망'과 '용서'가 반반 섞여 내린다. 따갑고 살을 에는 추위가 가슴에 휘몰아칠 때마다 얼마나 많은 밤을 뜬눈으로 지새웠을 것인가. 되돌아갈까. 여기서 주저앉아 버릴까. 걸어가야 할 길은 아득한데, 이미 너무 멀리 와 버린 길이 되돌아갈 길마저 차단하고 있다.

2000년대 초에 시조를 쓰기 시작해서 지금까지 듬성 듬성 샘터 시조와 현대시조에 등단이라는 징검돌을 놓으면서도 어느 순간 발을 멈추고 돌아갈 길을 가늠하지 않았겠는가. 어느 부분에 원망을 하고, 어느 부분에서 용서를 할까. 또 하나 징검돌을 고르던 그 수많은 밤의 시간들이 잘 드러나 있는 작품이 〈진눈깨비 내리는 날〉이다.

'쓰다 만 한 줄 파지가/ 시보다도 아픈 날' 사이로 '어느 새 봄이' 왔다가 갔지만 '봄과 여름 사이에/ 비 날씨'만 계속되는 날이었다. 이쯤이면 누군들 면죄부 한 장 받아들고 무릎을 꿇어도 될 것 같은데, 시인은 '시보다도' 고운 '한 장 꽃잎'을 '빗속에'서 찾아낸다.(〈간절기에〉 중에서) 우직함의 가장 큰 미덕은 무릎 꿇지 않는다는 것이다. 길 위에 뿌려진 자잘한 절망을 모아 단단한 징검돌 하나를 놓는 것이다. 그리고 그 징검돌을 무심히 밟고 한 발 앞으로 내딛는 것이다.

바다가 사는
시인의 방

늦은 밤 내 방 안에 노트의 숨비소리

눈 감으면 출렁출렁 내 몸속 파도소리

살며시 감싸는 물빛 방 안 가득 채운다

밀물이 들 때면 더 깊이 잠겨 있어라

새벽에 스며드는 그리움의 잔물결들

도정이 덜 된 단어가 파시시시 떨린다

이 아픔 가운데 빛의 통로가 있을까

몇 번을 게워내고 색을 밝히는 파편들 따라

나의 꿈 어느 언저리 생채기가 아물고 있다

- 〈방 안에 바다가 산다〉 전문

노을이 질 때면 시인의 창밖으로 '칠십리 바다가' '붉으레' 스며든다. (〈칠십리 노을 바다〉 부분) 새벽이면 '새연교 새벽하늘에' '수평선/ 어선 한 척/ 깜빡깜빡/ 비치는 불

빛'을 감상할 수 있다. (〈새벽녘 새연교〉 부분) '누군가/ 보고
플 때'면 문섬 등대가 '불빛 하나/ 켜'들고 위로하듯 서 있
다. (〈문섬 등대〉 부분) 태풍이 부는 날엔 '생각의 잡동사니
가' '알몸으로 비를 맞'기도 한다. (〈태풍이 부는 날〉 부분)

시인이 사는 곳이다. 서귀포 칠십리 바다가 보이고 문
섬, 새섬, 새연교가 보이는 곳이다. 제주도가, 서귀포가
갖고 있는 문화예술의 고장이라는 수식어에는 바다가
갖고 있는 지분이 상당하다. 통영의 바다가 시인 김춘수
를 키우고 청마 유치환을 배출하고, 소설가 박경리와 세
계적인 음악가 윤이상을 키워냈듯이, 세계적인 서예가
소암 현중화 선생이, 제주 1세대 소설가 중 한 명이었던
오성찬 선생이, 시인 한기팔 선생이 서귀포의 바다를 배
경으로 자라났다. 6·25 동란을 피해 제주에 왔던 화가 이
중섭도 서귀포 섶섬이 보이는 곳에 자리를 잡았었다.

세상에서 가장 아름다운 곳에 뿌리를 내렸으니 그 아
름다움의 정수를 뽑아내어야 할 사명은 시인에게 있다.
그래서 시인의 방에선 밤마다 '노트의 숨비소리'가 들린
다. 창문 밖에서 기웃거리던 바다가 어느 순간 창문을
넘어 방 안으로 스며들고, 방 안으로 스며든 바다는 그
방 주인인 시인의 '몸속'으로 스며들어 '파도소리'를 낸

다. 체득體得이다. 물아일체物我一體다.

　'밀물이 들 때면 더 깊이 잠겨 있어라' 해녀의 어머니들로부터 내려온 비기秘記처럼 안으로 안으로 침잠해 들어가는 시인의 방이다. 그러다 보면 '도정이 덜 된 단어가 파시시시 떨'어져 내릴지도 모를 일이고, 그러다 보면 어느 순간 '빛의 통로'를 찾아낼지도 모를 일이다. 그렇게 잠을 설치는 지난한 밤의 어느 날,

　　　간만에 내 창가에 제 속내를 여는 바다
　　　파도에 감기며 되새김질하는 시간
　　　늦은 밤 슬쩍 꺼내 본
　　　일기장을 적신다

　　　무엇을 남겼을까? 무엇을 숨겼을까?
　　　섬 사이 짤막짤막 수평선 눈높이처럼
　　　비스듬 초록 글씨가
　　　머리맡에 기댄다

　　　　　　　　　　　　　－〈초록 글씨 일기장〉 전문

　방 안에 바다를 끌어다 놓고 밤마다 그 바다와 한몸이

되어 뒹굴면서도 좀체로 속내를 열지 않던 바다. 그 바다가 가끔가다 한 번씩 이렇게 속을 여는 밤이 있다. 일부러 찾아온 듯 '내 창가에' 와 '제 속내를 여는 바다'. 시인의 마음이 설렌다. '무엇을 남겼을까 무엇을 숨겼을까' 꼬리에 꼬리를 무는 궁금증이 이어지고 어느덧 지새버린 밤이 지나고 들여다본 노트에선 '섬 사이 짤막짤막'한 수평선처럼 문장이 되지 못한 단어들만 가득하다. 오랜만에 속내를 열었던 바다의 얘기를 제대로 받아 적지 못한 것은 시인의 귀책사유. 그렇게 수많은 귀책사유의 밤이 지나고 나서야 시인은 '나의 꿈 어느 언저리' 작은 '생채기' 하나 '아물'게 할 수 있는 것이다.

빗길에 젖는 것들의
작은 소리를 듣는 시인

　　알고 보면
　　흉터 하나쯤
　　숨기고
　　살 듯

부러진 날개 한쪽

까치의 몸부림이

나

그 때

아팠던 나날

그 모습을 닮았다

등으로 종양이 퍼져 날지도 못하는 새

소독 몇 방울로 그 상처를 달래주고

주르륵 빗방울 속으로 보내주던 그날에

마지막

다다른 곳이

현실일까 천국일까

유난스레 비가 많던

이천십팔년 오뉴월에

빗길에

젖는 것들이

꽃잎처럼 많았다

- 〈빗길에 젖는 것들〉 전문

　시인은 그림을 그린다. 학생 때부터라고 한다. 이 시집의 삽화는 모두 그의 작품이다. 인체를 해체하는 듯한 시인의 그림이 그림에 문외한인 사람들을 당혹스럽게 한다. 도대체 시인의 머릿속이 궁금해지는 것이다.

　그림을 그린다면 색채에 민감하지 않을까. 작품 속에서도 그녀의 두드러진 색채 감각을 느낄 수 있는 작품이 주를 이루지 않을까 하는 생각을 한다. 그러나 의외로 시인의 작품에서 우리가 주목하게 되는 것은 소리다. 소리 중에서도 작은 소리다. '하늘에서 내려온 소리', '나지막한 저 빗소리', '나직나직 들리는 소리', '대롱대롱 방울 소리',(〈한 점 이슬〉 부분) '발자국 소리', '구월의 소리', '보슬보슬 봄비 소리', '풀벌레 소리', '눈 감고/ 들어서야// 들리는/ 세상의 소리'들이 다양한 작품에서 들린다.

　작은 소리에 귀를 기울이다 보면 어느새 살며시 눈을 감게 된다. 시각적 자극을 닫아야 예민하게 청각에 집중

할 수 있기 때문이다. 시인은 그림에 노출된 시각적 자극을 쉬게 하기 위해 시 속에선 청각적 감각에 집중한 것이었을까. 아니, 시를 쓰면서 민감하게 자극된 청각적 자극을 쉬게 하기 위해 시각적 자극에 매달릴 그림을 그리는 지도 모르겠고.

앞뒤 순서가 어찌 되었든 시에 드러난 소리의 민감성은 비에 젖는 것들에게로 향해 있다. 우산 하나 준비하지 못한 것들의 삶은 남루하다. 아프다. '알고 보면/ 흉터 하나쯤' 다 '숨기며' 사는 세상이다. 그러나 능숙하지 못한 처세술 때문에 숨기지도 못한 상처들이 비에 젖는 날이면 그 상처가 더 도드라져 보이는 법이다.

어느 비 오는 날, '날개 한쪽'이 부러진 '까치의 몸부림'을 보며 동병상련을 느끼는 시인. 시인에게도 과거의 어느 시간, 날개가 부러진 까치처럼 아픔에 몸부림치던 날들이 있었나 보다. 간호사인 시인이 '소독 몇 방울로' 까치의 상처를 치료해 주고 날려 보냈지만 그 안부가 궁금해진다. '마지막/ 다다른 곳이/ 현실인가 천국일까' '빗길에/ 젖는 것들이/ 꽃잎처럼 많았'던 그해 여름, 시인의 상처는 이제 다 아물었을까.

눈 오는 날일수록

나의 길은 따뜻해라

저물녘 산책길에

꽃송이를 잠재우며

그때 그

내게로 오던

발소리가 들린다

간절한 나의 길도

올봄엔 열릴 거야

가만가만 말문을 여는

빨간 입술 저 동백꽃

가끔씩

문섬 꼭대기

등댓불이 보인다

- 〈눈송이랑 걸었다〉 전문

〈빗길에 젖는 것들〉에서 만났던 까치의 안부를 정확히 알 수는 없지만 우리는 〈눈송이랑 걸었다〉를 읽으며 그 안부를 유추해 볼 수 있다. 눈이 내리는 날에도 따뜻하게 같이 걸어주는 시인이 있기에 까치는 충분히 그 아픔에서 벗어났을 것만 같아지는 것이다.

실제로 제주에서 함박눈 펄펄 내리는 날은, 바람이 불고 진눈깨비 자룩자룩 내리는 날보다 훨씬 포근하다. 아무리 추워도 영하 1도 이하로 내려가지 않는 제주 날씨에서 바람만 불지 않는다면 체감온도가 더 떨어질 염려가 없기 때문이다. 함박눈이 펄펄 내리는 날은 대부분 바람이 없는 날이니 '눈 오는 날일수록/ 나의 길은 따뜻'할 수밖에.

제주의 동백은 겨울에서부터 꽃이 핀다. 하얀 눈을 소담하게 담고 핀 동백꽃의 붉은 색감은 그 어떤 화가의 색감보다 더 감각적이다. 그렇게 눈송이를 담고 피기 시작한 동백은 사월 바람에 목이 뚝뚝 부러지며 떨어질 때까지 연달아 피고 지기를 반복한다. 누군 앞서가다 겨울 눈송이에 얼고, 누군 뒤늦게 피다 4월 바람에 통꽃으로 떨어진다. 한 발 앞섰다고, 한 발 늦었다고 희비를 가를 필요는 없다.

겨울 눈송이마저 따뜻하게 만드는 시인의 마음은 서둘러 피려는 동백꽃 송이를 다독인다. 서둘러 필 것 없다. 겨울 바람 다 불 때까지, 진눈깨비 다 내릴 때까지, 충분히 따뜻해지고 나서 피어도 늦지 않으니 조금만 더 기다리거라…. 봄을 향해 걸어가고 있는 꽃봉오리의 작은 발소리에 맞춘 목소리가 나긋나긋하게 들리는 것만 같다.

이란성 쌍둥이

섬의 안부를 물으며

　　　　마스크 고쳐 쓰고 퇴근길 접어들 때
　　　　시 한 편 써야 할 때
　　　　숨을
　　　　고르듯
　　　　서귀포 초겨울 햇살이 목덜미에 스민다

　　　　가을이 지나가고
　　　　아픔처럼 겨울이 와

이란성 쌍둥이 섬이 계절 끝에 놓이고
저들도 힘이 든다며 내 안부를 묻는다

진실이 거짓이 되고 거짓이 진실이 되는
시대의 아픔을 참는 우리 동네 나무 한 그루
사회적 거리두기로 뒤로 물러서 있다

- 〈초겨울 퇴근길에〉 전문

　　현실을 떠난 삶이 있을 수 없듯, 현실에 관심을 두지
않는 글은 허공에 지은 집과 같다. 아무리 아름다운 형
체의 집을 짓는다 하더라도 곧 무너져 내릴 것이다. 그
무너짐 앞에서 소용이 되는 건 아무것도 없다. 시인에게
는 모든 것들이 글감이고 그 모든 것들은 현실에 발을 딛
고 있는 것들이다. 그러나 그 현실을 제대로 읽어내고,
그걸 다시 제대로 써내기 위해선 오로지 시인의 안목과
노력이 필요하다. 자칫 잘못하다간 거짓이 난무하는 소
용돌이 속으로 휘말려 들기 십상이다. '계절 끝에 놓'인
것들의 안부를 공유하고, '진실이 거짓이 되고 거짓이 진
실이 되는' 세상에서 '시대의 아픔'은 무엇인지, 그 '아픔
을 참는 우리 동네 나무 한 그루'는 어떤 사람들인지, 적

극적인 자세로 알아내야 한다. '사회적 거리두기로 뒤로
물러서 있'는 것들은 어떤 것들인지 관심을 가져야 한다.
그러나 그건 쉽지 않은 일이다. 그래서 시인은 오늘도
배움의 순례길을 마다하지 않는다.

땅에
떨어져서

더 붉게 핀
제주 동백

사월
순례길에

멈칫 멈칫 밟히는
꽃

아득히
어깨 너머로

총소리가

들렸다

- 〈순례길에 만난 동백〉 전문

제주 작가들에게 숙제처럼 주어진 제주4·3을 알기 위해 해마다 4·3 순례길을 따라나선다. 사월 바람에 뚝뚝 떨어져 내린 동백꽃 길을 걸으며 행여 꽃송이들이 발에 밟힐세라 멈칫거리는 발걸음에 시인의 마음이 담겨 있다. 4·3의 사람들이 흘렸던 피처럼 '땅에/ 떨어져 // 더 붉게 핀/ 제주 동백'. 시인은 동백꽃 길을 걷고 있는데, 어디선가 자꾸 '총소리가' 들리는 것만 같다.

귤농사를 짓고 있는 부모님을 돕는 시인도 절반은 농부다. 해마다 떨어지는 귤값에 해마다 치솟는 농자재값. 이러다간 농부의 길도 오래가지 못할 것만 같은데 엎친 데 덮친 격으로 병충해까지 덮쳤다. 노랗게 익어야 할 귤 색깔이 검게 변해버렸으니 '반타작'이나 될지 모르겠다. '푸른색 곰팡이를/ 얼굴에/ 뒤집어' 쓴 귤을 보는 농부의 가슴도 '까맣게/ 미어진'다. 일을 마치고 돌아오는 농부의 '하늘'은 '노랗다'(〈귤이 검다〉 부분) 검게 변해버린 귤, 푸른색 곰팡이, 까맣게 미어진 가슴, 노란 하늘,

시인의 색채 감각이 두드러진 작품이다.

　이 외에도 돌담 위에 떨어져 내린 동백꽃을 '빗방울 맞다가// 비가 된/ 사람들'이 흘리는 '새빨간 눈물방울'로 표현해 낸 〈동백 4·3〉, '눈자위 붉혀가며' 읽는 동화책 속에서 '베트남 하늘'을 그리워하는 〈베트남 청년〉에게도 시인의 시선이 닿아 있다. 시의 세계를 더 깊게 하기 위한 시인의 노력이 어느 만큼인지 알 수 있는 작품들이다.

엄마,
아프고 행복한 이름

　　낙엽이 가기 전에 겨울이 또 왔구나

　　귤 따기 한창일 땐 관절 앓는 우리 엄마

　　그래도 귤 밭에 갈 때면 립스틱을 바른다

　　비 오면 하우스 귤, 날 개면 노지 귤

면장갑 두 켤레로 귤 한철을 치르는 엄마

나무도 주인을 알고 고분고분 반긴다

저기압 다가오면 올 엄마가 기상청이다

팔 다리 열두 관절 파스 붙여 쉬는 날엔

빨간색 비닐 장화가 옥상에서 마른다

- 〈엄마의 장화〉 전문

　엄마라는 이름보다 아프고 행복한 이름이 또 있을까. 우주의 모든 이론을 끌어 모아도 엄마라는 단어에 담긴 감정을 다 설명할 수 없을 것 같고, 모든 사람들에게 이만큼 절대적인 힘을 구사하는 단어가 또 없을 것 같다. 그럼에도 우리가 시인이 쓴 엄마에 더 주목하는 것은 그 농도가 남다른 데 있다. 시인의 평소 행동과 언어에서도 우리는 엄마에 대한 남다른 시인의 마음을 쉽게 느낄 수 있었다. 그 평소의 마음이 고스란히 시작품에 드러난 것이고, 진심이 담긴 작품은 감동을 줄 수밖에 없다.

앞서 얘기되었지만 시인의 부모님은 서귀포에서 감귤 농사를 짓는다. 누군가는 목가적 풍경일 수 있는 감귤 밭, 그 안에서 일하는 농부들의 삶은 고단하다. '비 오면 하우스 귤, 날 개면 노지 귤'밭에서 쉬는 날도 없다. 쉬는 날 없이 일하면서도 아낄 것들은 또 아껴서 '면장갑 두 켤레로 귤 한철을 치'른다. 그렇게 버티고 버티다 도저히 버틸 수 없는 날, '팔 다리 열두 관절'마다 '파스 붙여 쉬는 날엔' 어머니가 신고 일하던 '엄마의 장화'도 '옥상에서 마'르는 날이다. 가족을 위해 제 몸 아끼지 못하고 일하는 우리나라 대부분의 엄마의 모습이다. 그럼에도 시인만의 독창성은 '면장갑 두 켤레로 귤 한철을' 나는 것이라든지, 엄마가 쉬어야 엄마의 '빨간 장화'도 쉴 수 있다든지 하는 것들에 있다. 시인의 실체험에서 나온 작품이라는 것이다.

　그런 엄마를 바라보는 애틋함과 안타까움은 〈어머니의 창〉에서 극대화된다. 대상포진을 앓고 있는 엄마의 통증을 지켜볼 수밖에 없는 딸의 마음을 고스란히 담아냈다. 대상포진의 그 끔찍한 고통을 어쩌지 못해 '김 매던/ 손톱으로/ 벽면을 긁는' 엄마를, 시인은 새벽까지 잠들지 못한 채 지켜보고 있다.

그러나 엄마라는 이름 속에는 무엇보다 더 큰 행복이
란 단어가 담겨 있는 것이다. 엄마는 그 어떤 세계보다
안전한 세계이며, 그 어떤 행복보다 더 큰 행복을 가져다
주는 이름이다. 엄마와 함께라면 지겹고 힘든 농사일도
재미가 있다. 〈모녀 귤 따기〉는 그래서 행복하고 아름다
운 시다.

　　짤깍짤깍 가위 소리
　　사분의 사박자 트롯 가락

　　귤 따기 한철이면
　　옛사랑도 무르익고

　　울 엄마 흘러간 노래가
　　노을 길에 흐를 때

　　빛이 바랠수록
　　정이 되레 따사롭고

　　알알이 귤 열매가

약속처럼 고마운 가을

모녀의 금빛 사랑도
광주리에 넘친다

- 〈모녀 귤 따기〉 전문

다시 넓고 깊게.

넓은 것과 깊은 것은 결국 같은 말이다. 넓어지고 넓어지다 보면 결국 더 깊은 곳으로 들어설 것이고, 깊어지고 깊어지다 보면 결국은 넓은 세계로 나아갈 수밖에 없다. 최은숙 시인은 자신의 깊어지기 일 단계를 이 책《흔한 사랑은 없다》로 정리해 내었다. 그녀의 마음에 설계된 깊어지기의 종착점이 어디까지인지 우리는 모른다. 그러나 20년 가까운 시간을 공들여 이제 막 일 단계를 마무리하고 있는 시인의 앞날에 큰 기대를 걸어본다.

최은숙

1981년 제주 출생. 현대시조 79회 신인상 수상으로 등단.
젊은시조문학회 회원.
sound4411@hanmail.net

최은숙 시조집
흔한 사랑은 없다

2022년 10월 12일 초판 1쇄 발행

지은이 최은숙
펴낸이 김영훈 **편집인** 김지희 **디자인** 나무늘보, 이은아, 김지영
펴낸곳 한그루 **출판등록** 제651-2008-000003호
주소 제주특별자치도 제주시 복지로1길 21
전화 064 723 7580 **전송** 064 753 7580 **전자우편** onetreebook@daum.net
누리방 onetreebook.com

ISBN 979-11-6867-046-4 (03810)

© 최은숙, 2022

값 10,000원